EDICART Junior è un marchio di GRUPPO EDICART
via Jucker, 28 - Legnano (MI) Italia
Traduzione dall'inglese di *Simonetta Porcellana*
Titolo originale: *Dracula*

www.edicart.it

Ringraziamenti
Gli Editori desiderano ringraziare gli enti, società o persone per aver concesso l'utilizzazione del materiale coperto da copyright. Si prega di segnalare le eventuali involontarie omissioni, alle quali si provvederà nelle prossime edizioni.

CLASSICI ITALIANO-INGLESE • CLASSICS ITALIAN-ENGLISH

Dracula
Dracula

Bram Stoker

Illustrazioni / Illustrations:
Alberto G. Ayerbe

PERSONAGGI / CHARACTERS

Jonathan Harker / Jonathan Harker

È un avvocato inglese che lavora nello studio del Signor Hawkins. Va in Transilvania per vendere al suo cliente, il Conte Dracula, una casa a Londra.

An English lawyer for the firm of Mr. Hawkins who travels to Transylvania to complete the sale of a house in London; his client is Count Dracula.

Conte Dracula / Count Dracula

Questo misterioso conte vive in un castello in Transilvania. Fa arrivare Harker da Londra per aiutarlo a comprare una casa in Inghilterra, ma le sue intenzioni sono subdole.

This mysterious count lives in his castle in Transylvania. He makes Harker come from London in order to buy an English mansion, but his intentions are not what they seem.

Mina / Mina

È la fidanzata di Harker e grande amica di Lucy. Avrà quindi un ruolo importantissimo nelle vite di queste due persone a lei molto care.

Harker's fiancée and a good friend of Lucy's. So her role will be crucial in the lives of these two characters whom she loves so much.

Lucy / Lucy

Questa ragazza che vive a Whitby è la fidanzata di Arthur. Un futuro felice la attende, ma la sua vita prenderà una piega inaspettata. Solo l'amore la salverà.

This young girl who lives in Whitby is engaged to Arthur and a happy future awaits her, but her life will undergo an unexpected twist. Only love will save her.

Arthur / Arthur

È il fidanzato di Lucy e la vorrebbe sposare, ma la strana malattia di lei cambierà le cose. Lotterà per salvarla con l'aiuto di due dottori.

He's Lucy's fiancé whom he wants to marry soon, but her strange illness will change everything. He will fight to save her with the help of two doctors.

John Seward / John Seward

Questo dottore è amico di Arthur e dirige un manicomio. Per curare Lucy, chiamerà il suo amico Van Helsing, medico e professore olandese.

This doctor is Arthur's friend and runs an asylum. In order to cure Lucy he will call on his friend the Dutch medical professor, Van Helsing.

Van Helsing / Van Helsing

È un olandese esperto in malattie rare e in vampiri. Chiamato dall'amico Seward, cercherà di guarire Lucy e di uccidere il vampiro.

This Dutchman is an expert in rare diseases and also vampires. Summoned by his friend Dr. Steward, he will try to cure Lucy and kill the vampire.

Indice / Index

Bistrita

Capitolo 1 / Chapter 1

Harker arriva in Transilvania
Harker Arrives In Transylvania

Era quasi notte quando il treno si fermò a Bistrita, in Transilvania. Jonathan Harker vi arrivò dopo un lungo viaggio da Londra, dopo essersi fermato a Monaco, Vienna e Budapest.

Si diresse all'ostello *Golden Krone*, come gli aveva indicato il Conte Dracula. La locandiera e il marito lo accolsero con una lettera:

"Mio caro amico,

benvenuto nei Carpazi. La attendo con impazienza. Dorma bene questa notte perché domani pomeriggio deve prendere la diligenza per la Bucovina. Al Passo Borgo ci sarà la mia carrozza ad attenderla per portarla qui. Spero abbia fatto buon viaggio e che apprezzerà il mio bel paese,

Dracula"

It was nearly night-time when the train arrived in Bistrita, Transylvania. Jonathan Harker got out there after a long journey from London, with stopovers in Munich, Vienna and Budapest.

He set off for the Golden Krone hostel, as Count Dracula had told him to do. The inn-keeper and her husband came out to greet him with a letter:

"My dear friend,

Welcome to the Carpathians. I await you impatiently. Sleep well tonight as tomorrow afternoon you have to catch the stagecoach that goes to Bucovina. In the Borgo mountain pass my carriage will await you and bring you here. I hope you have had a good trip and enjoy my beautiful country.

Dracula"

Il giorno dopo, quando Harker chiese alla locandiera e al marito se conoscessero Dracula e il castello, i due si fecero il segno della croce.

"Deve proprio andarci?", chiese allarmata la donna. "Sa che giorno è oggi? La vigilia di San Giorgio! Non sa che a mezzanotte tutti gli esseri maligni usciranno allo scoperto per mettere in mostra i loro poteri?".

La donna era molto agitata e lo implorò di non andare, ma Harker aveva una questione importante da sbrigare in quel luogo. Così, gli diede il crocifisso che portava al collo e, vedendo che esitava a prenderlo, disse: "Lo faccia per sua madre".

The next day, when he asked them if they knew Count Dracula and his castle, they made the sign of the cross.

"Do you have to go there?" the alarmed inn-keeper asked. "Do you know what day it is today? The eve of Saint George! Don't you know that tonight at twelve o'clock all the evil beings come out to show their power?"

She seemed very anxious and begged him not to go, but Harker had to resolve an important matter there. So she gave him the crucifix that she wore around her neck and, as he hesitated to take it, she said: "Do it for your mother."

Lui lo accettò, incuriosito e timoroso.

Sulla diligenza, Harker guardò il panorama. La strada attraversò prima alcune verdi colline punteggiate di boschi e alberi da frutto, poi arrivò sulle alte montagne dei Carpazi, con le loro cime innevate.

Con l'avvicinarsi della notte, i passeggeri iniziarono a innervosirsi. La diligenza accelerò procedendo a balzi fino ad arrivare al Passo Borgo con le sue minacciose montagne.

He accepted it, intrigued and fearful.

In the stagecoach Harker was distracted by the beauty of the landscape. The road passed first through green hills with woods and fruit trees, to arrive at the high mountains of the Carpathians, with their snowy peaks.

When night drew near, the passengers started to get nervous. The driver accelerated and the stagecoach bumped along. They arrived at the Borgo Pass between the menacing mountains.

Improvvisamente la diligenza si fermò e tutti guardarono fuori nel buio. Non c'erano altre carrozze in attesa.

"Dovrete venire alla Bucovina e tornare indietro domani o il giorno dopo", disse il cocchiere ad Harker.

Proprio in quel momento, i cavalli nitrirono e i passeggeri urlarono facendosi il segno della croce! Una carrozza trainata da quattro cavalli si fermò davanti a loro. "Quanta fretta di andarsene!", disse il cocchiere della carrozza, il viso coperto da un cappello nero.

Suddenly the stagecoach stopped and everyone looked out at the darkness. There was no other coach waiting.

"You'll have to come to Bucovina and return tomorrow or the day after," said the driver to Harker.

At that moment the horses neighed and the locals on the stagecoach shouted while crossing themselves. A carriage pulled by four black horses was approaching. The guide, his face covered by a large black hat, said to the coach driver.

"Your were in a bit of a hurry to leave."

Poi caricò il bagaglio di Harker sulla carrozza e lui lo seguì.

La carrozza entrò nel Passo. La paura iniziò a impadronirsi di Harker, tanto più quando vide che era quasi mezzanotte…

Udì degli ululati e vide i cavalli impennarsi nervosamente. Il vento soffiava diffondendo altri ululati… Il cocchiere si fermò e scese.

Poi il rumore cessò e la luna apparve in lontananza. Quando Harker puntò la luce, vide che erano circondati da

And taking Harker's luggage he put it on his carriage. Harker followed him and the coach advanced into the moutain pass. Harker felt afraid and more so when he saw on his watch it was nearly midnight.

He then heard the dogs howling and the horses reared up nervously. The wind whistled and brought new wolf howls. The driver stopped and got down.

The noise stopped and the moon appeared from behind a rock. From its light Harker saw that they were surrounded by

lupi dalle zanne bianche...
La paura lo paralizzò!

Gli ululati ripresero e Harker urlò terrorizzato al cocchiere che scacciò i lupi agitando le braccia, poi riprese a guidare. Giunsero nel cortile di un castello in rovina. Il cocchiere aiutò Harker a scendere porgendogli una mano forte e gelida, poi scomparve con la carrozza.

Sulla porta non c'era il campanello e Harker dovette aspettare, pieno di apprensione... Rimpianse di essere venuto in un luogo tanto sinistro per spiegare a quel conte, da avvocato, come comprare una casa a Londra. Finalmente udì un rumore dall'altro lato della porta e gli apparve davanti un vecchio molto alto e magro, vestito di nero, in netto contrasto con il suo terrificante pallore... Aveva folte sopracciglia, baffi brizzolati, labbra rosse da cui spuntavano dei bianchi denti affilati e le orecchie a punta...

wolves with white fangs. Fear paralyzed him.

The howls returned and Harker shouted to the driver. The latter made the wolves back off by waving his arms and he carried on driving the carriage. At last the driver stopped in the courtyard of an enormous castle in ruins. He helped Harker down with a cold, strong hand and disappeared with the coach.

There was no bell on the door and Harker had to wait, full of apprehension. He regretted coming to such a sinister place to explain to this count, as a lawyer, the way of buying a house in London. At last he heard a noise on the other side of the door and before him appeared a very tall, thin old man, dressed all in black which contrasted with his terrible paleness. He observed his thick eyebrows, his greying moustache, his red lips which revealed some sharp, white teeth and his pointy ears.

“Benvenuto! Si accomodi!”. Una volta dentro, il vecchio gli strinse la mano con vigore. Harker si chiese se non fosse il cocchiere visto che la mano era altrettanto gelida e forte: sembrava la mano di un morto!

“Lei è il Conte Dracula?”.

“Sì, sono Dracula”.

“Venga, deve mangiare e poi andare a riposarsi”.

Dopo essere scesi di alcuni lunghi corridoi, giunsero in una sala con un caminetto e la tavola apparecchiata per la cena.

"Welcome! Please come in." When Harker went in, the old man shook his hand stongly and the young man wondered if it wasn't the driver as his hand was as cold and strong as his; it seemed like a dead man's hand.

"Are you Count Dracula?"

"Yes, I am Dracula.

Come through, you must eat and rest."

Having gone down some long corridors, they arrived at a sitting-room with a fireplace where a table was prepared for dinner.

"Mangi pure e mi scusi se non le faccio compagnia, ma ho già cenato...".

Harker mangiò con appetito. Stava sorgendo l'alba e, in lontananza, udirono i lupi.

"Ascolti... che melodia!", disse Dracula. Poi, vedendo Harker sorpreso, aggiunse: "Voi gente di città non capite come si sente un cacciatore... In ogni caso, dorma quanto vuole. Io domani starò fuori fino al pomeriggio".

Dracula lo accompagnò nella camera da letto adiacente alla sua. Prima di dormire Harker annotò gli ultimi fatti sul suo il diario.

"Eat what you like and excuse me for not joining you, but I dined earlier."

Harker ate hungrily. Dawn was coming and they heard howls in the distance.

"Listen. What music!" Dracula said and seeing Harker's surprise added, "You city people don't understand what a hunter feels. Anyway, sleep as long as you like. I'll be out tomorrow until the afternoon."

Dracula accompanied him to his bedroom in the adjacent room and there Harker wrote his diary before going to bed.

Capitolo 2 / Chapter 2

Il castello di Dracula
Dracula's Castle

Harker si alzò tardissimo, si vestì e andò in sala da pranzo dove trovò la colazione pronta anche se, a quell'ora, era quasi pranzo.

Fu sorpreso nel non trovare dei domestici. Poi, per distrarsi, si mise a cercare un libro. Non avendone trovato nessuno, entrò in una stanza dove vide una biblioteca piena di libri inglesi. Mentre li guardava, arrivò il conte e lo salutò.

"Porto questi libri con me da quando ho deciso di andare a vivere Londra.

Harker got up very late and having dressed, went to the sitting-room, where he found breakfast ready, which by that time was almost lunch.

He was surprised that there were no servants and, to entertain himself, he looked for a book. Not finding any, he opened a door and saw it was a library. It was full of English books. While he was looking through them, the count came in and greeted him.

"These books have accompanied me since I decided to go to live in London.

Grazie a loro ho imparato a conoscere il suo paese e l'inglese, anche se spero che lei mi insegnerà a parlarlo", disse.

"Ma il suo inglese è già perfetto!", esclamò Harker.

"Grazie, amico mio, ma quando a Londra mi sentono parlare pensano sempre che sia straniero. Qui sono un illustre gentiluomo e voglio continuare a esserlo ovunque vada. Spero che lei rimarrà un po' con me e mi faccia notare i miei errori".

Harker non poté rifiutare e chiese di poter visitare la biblioteca ogni giorno.

Thanks to them I have learnt about your country and learnt some English, but I hope you'll teach me to speak," he said.

"But Count, you speak English perfectly," replied Harker.

"Thank you, my friend, but in London when they hear me they'll say 'He's a foreigner!' Here I'm an illustrious gentleman and I want to continue being one wherever I go. I hope that you'll stay a while with me and point out my speaking mistakes."

Harker couldn't refuse and he asked permission to visit his library every day.

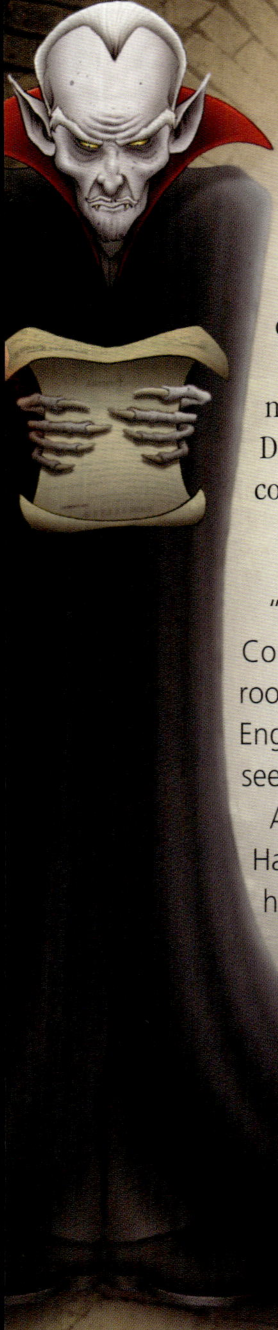

"Lei può andare ovunque vuole nel castello", disse Dracula, "tranne nelle stanze chiuse a chiave. Siamo in Transilvania e qui non è come l'Inghilterra: abbiamo abitudini diverse… e alcune potrebbero sembrarle un po' strane!".

Dopo aver amabilmente conversato, il conte chiese ad Harker di mostrargli i documenti della casa di Londra.

Si trattava di una vecchia casa in pietra con molte terre, alberi, uno stagno e una cappella. Dopo aver esaminato i dettagli della vendita, il conte firmò i documenti.

"Of course, you can go anywhere in the castle," Count Dracula told him, "except for the locked rooms. We are in Transylvania and it's not like England. Our customs are different and some will seem strange to you."

After a pleasant conversation, the count asked Harker to show him the documents of his future house in London.

It was an old stone mansion, surrounded by a lot of land full of trees and with a pond and a chapel. Having seen the details of the sale, the count signed the documents.

Il conte uscì dalla biblioteca. Intanto, Harker notò un atlante aperto sulla pagina dell'Inghilterra: erano segnati diversi luoghi, fra cui quello della nuova casa e due a Exeter e Whitby.

Il conte tornò per dirgli che la cena era pronta. Come la sera prima, disse di non potergli fare compagnia, quindi lo accompagnò al tavolo conversando piacevolmente.

Le ore passarono e, quando si sentì il gallo cantare, il conte esclamò:

"È l'alba! Dimentico sempre l'ora e non la lascio riposare!".

Gli diede quindi educatamente la buonanotte e uscì.

Then he left the library. Meanwhile Harker leafed through an atlas open on the page for England. He noticed several places had been marked: one was the new house and the other two were in Exeter and Whitby.

The count returned and told him that dinner was ready. Like the previous night, the count apologised for not dining but he accompanied him at the table with amusing conversation. The hours passed and they heard a cock's crow. The count exclaimed:

"It's dawn again! I forget the time and don't let you sleep."

And politely saying goodnight, he left.

Harker dormì poco. Il giorno dopo, mentre si faceva la barba usando il suo specchietto, non avendone trovati altri nelle stanze, sentì una mano sulla sua spalla e la voce del conte che lo salutava. Non avendolo visto entrare, Harker sobbalzò e si tagliò con il rasoio. In quel momento, si rese conto che non vedeva il conte riflesso nello specchio, mentre c'erano sia lui che la stanza... Notò anche che stava sanguinando, così si girò per lavarsi.

Quando il conte vide il sangue, gli occhi gli brillarono di passione e afferrò Harker ma, non appena

This time Harker slept little and when he was shaving using his small mirror, as he didn't find any other in the two rooms, felt a hand on his shoulder and the count's voice wishing him a good morning. As he hadn't seen him come in, he jumped and cut himself with the razor blade. He then realised that the count was not reflected in the mirror, while he and the room were. He also saw that he was bleeding and he turned round to wash himself.

When the count saw his blood, his eyes blazed with passion and he threw himself on Harker, but on seeing the

vide il crocifisso, si fermò!

"Faccia attenzione... questa dannata cosa è difettosa. Fuori!", disse aprendo la finestra e gettando via lo specchietto. Poi uscì.

Quando Harker andò in sala da pranzo per la colazione, non vide il conte e si sorprese pensando che non l'aveva mai visto mangiare...

Poi esplorò il castello. Notò che tutte le stanze erano chiuse a chiave tranne una, la cui finestra dava su un precipizio. In quel momento Harker si rese conto che il castello era una prigione e che lui era il prigioniero!

inn-keeper's crucifix he stopped and said:

"Be careful with those cuts. This damned thing is at fault. Out!"

And opening a window, he threw the mirror into the courtyard. He then left.

When Harker went to the sitting-room for breakfast, he didn't meet the count and he was surprised he had never seen him eat.

Afterwards, he explored the castle and discovered all the locked rooms except one, and its window looked out onto an abyss. Harker realised that the castle was a prison and he its prisoner!

Capitolo 3 / Chapter 3

Strane apparizioni
Strange Apparitions

Quella notte il conte non c'era e Harker non riusciva a dormire. Mise il crocifisso alla testa del letto, anche se non capiva che cosa stesse succedendo né chi fosse Dracula.

Decise di tornare nella stanza con la finestra per prendere una boccata d'aria visto che dava sul cortile. Ma, proprio mentre guardava fuori, improvvisamente vide il conte uscire da una finestra e strisciare lungo il muro del castello con il mantello che svolazzava formando due enormi ali... Come una lucertola, si attaccava alle pietre del muro scendendo rapidamente.

"Che razza di uomo è quello?", si chiese Harker terrorizzato. Così, decise di fuggire e si mise a cercare altre porte aperte.

That night the count was absent and Harker couldn't sleep. He had put the crucifix at the head of his bed, although he didn't understand what was happening nor who Dracula was.

He decided to return to the room with the window in order to breathe some fresh air, as this room looked on to the courtyard. Looking out of the window he suddenly saw the count coming out of a lower window, slithering down the wall of the castle with his cape flowing behind him like some big wings. Just like a lizard, he clung on to the stones of the castle and descended quickly.

"What sort of man is this?" wondered Harker, horrified. He wanted to escape and looked for other open doors.

Sapeva che quella zona del castello dava verso sud e pensò che si trattasse della parte un tempo abitata. Si tranquillizzò e decise di mettersi a dormire lì. Poi avvenne qualcosa di strano... che non riuscì a capire se fosse sogno o realtà. In seguito, per non impazzire, la annotò anche nel diario.

Nella luce della luna che entrava dalla finestra, vide apparire tre giovani donne che non proiettavano alcuna ombra sul pavimento e che lo guardavano sussurrandosi cose a vicenda... Harker rimase rapito dalle loro rosse labbra e dalla risata.

He knew that this part of the castle faced south and he thought it must be the part which had been inhabited in the past. This calmed him and he decided to sleep there. He didn't know if what happened next was dream or reality. He later wrote it down in his diary in order not to go mad.

The moonlight entered through the window and he saw three young ladies appear who cast no shadow on the floor. They looked at him and whispered to each other. Harker felt attracted by their red lips and their laughter.

"Vai tu per prima", disse una di loro.

"È giovane... può baciarci tutte e tre...".

La donna bionda si avvicinò a lui cercando di sedurlo. Harker vide i suoi bianchi denti affilati dietro alle labbra rosse, la cui morbida carezza sul suo collo fu improvvisamente interrotta dalla collerica voce del conte che entrò urlando, e si lanciò immediatamente sulla donna bionda afferrandole il collo:

"Indietro! Come osi toccarlo? Quest'uomo è mio! Quando avrò finito con lui lo potrai baciare tu, ma ora sparisci!".

"You go first," one of them said.

"He's young; he can kiss the three of us."

The blonde lady moved closer to him, flirtatiously, and Harker could see her sharp, white teeth behind her wet lips. He felt the soft caress of those lips on his neck and... suddely they were interrupted by the angry voice of the count, who

shouted furiously at the three women, at the same time as he grabbed the neck of the blonde woman.

"Get back! How dare you touch him? This man is mine. When I've finished with him you can kiss him; but now get out!"

Tutto ciò che Harker ricordò in seguito fu di essersi risvegliato nel suo letto, anche se non riusciva a non pensare a quelle donne che avevano cercato di succhiargli il sangue...

Qualche giorno dopo, giunsero al castello degli zingari che si accamparono nel cortile. C'erano migliaia di zingari in Ungheria e in Transilvania e parlavano solo la loro lingua. Quando li vide, Harker decise di scrivere due lettere d'aiuto: una alla sua fidanzata Mina e l'altra al suo capo, Peter Hawkins. Le gettò quindi dalla finestra agli

The next thing that Harker remembered was waking up in his bed, but he couldn't stop thinking about the women that wanted to suck his blood.

Days later a group of gypsies arrived at the castle and camped in the courtyard. There were thousands of these gypsies in Hungary and Transylvania and they only spoke the Romany language. When he saw them, Harker decided to write two letters asking for help, one for his fiancée Mina and the other for his boss, Peter Hawkins, with the idea of throwing them out of the window to

zingari e, a gesti, chiese loro spedirle. Loro accettarono annuendo. Dopo un po', però, il conte entrò nella stanza di Harker con le lettere in mano e gliele bruciò.

Il giorno dopo, Harker notò che le sue buste e la carta, il libretto degli assegni e persino l'abito e il soprabito erano scomparsi! Poi udì dei rumori venire dal cortile e vide arrivare due carri con delle casse di legno vuote che vennero scaricate da alcuni slovacchi a cui gli zingari diedero del denaro. Poi Harker sentì rumori di pali e picconi.

the gypsies. Using gestures he asked them to post the letters and they nodded; but the count entered Harker's room shortly afterwards with the letters in his hand and burnt them.

The next day Harker noticed that his envelopes and paper, his cheque book and even his suit and overcoat had all disappeared. He heard noises from the courtyard and saw two carts arrive with empty wooden boxes which some Slovaks unloaded. The gypsies gave them money. Later Harker heard the sound of picks and shovels.

Capitolo 4 / Chapter 4

La cappella
The Chapel

Di notte Harker aveva paura mentre di giorno era pieno di coraggio, così una mattina decise di andare nella stanza del conte. Si calò dalla finestra verso la parte sud e, tenendosi con mani e piedi, scivolò nella finestra della sua stanza. Per fortuna era aperta e Dracula non c'era. Vide un'altra porta e riuscì ad aprirla, poi scese alcune scale lungo una galleria buia che odorava di morte e giunse in una vecchia cappella.

Notò che il pavimento era stato scavato e la terra messa nelle casse di legno portate dal carro. Che orrore quando in una di quelle casse vide che c'era il conte! Non sapeva se fosse vivo o morto perché, anche se gli occhi erano aperti e non respirava, le labbra erano ancora rosse…

At night Harker was afraid but during the day he was filled with courage. One morning he decided to go into the count's room. He climbed down from the window to the south part and, holding on with his hands and feet, slithered down to the count's window. Luckily it was open and Dracula wasn't there. He saw another door in the room and managed to open it. He went down some stairs, along a dark tunnel which smelt of death and arrived at an old chapel.

He noticed the floor had been dug up and the earth put in the wooden boxes brought in the cart. His surprise was that in one of these boxes was the count! He didn't know if he was dead or not, as although his eyes were open and he wasn't breathing, his lips were still red.

Harker scappò via.

"Domani non sarò al castello", gli disse il conte la sera, "e lei può tornare in Inghilterra. Gli zingari verranno a sbrigare alcune cose, poi la carrozza la porterà a Bistrita".

Rientrato nella sua stanza, Harker udì la voce del conte:

"Via! Non oggi, domani notte sarà vostro!", diceva alle tre donne.

All'alba, Harker tentò di aprire la porta del castello ma la trovò chiusa. Cercò la chiave tornando nella stanza del conte passando dal muro, ma senza successo. Scese poi nella cappella dove vide la cassa con sopra il coperchio, che però non era chiuso. Così lo sollevò per cercare la chiave nelle tasche del conte e...

Harker ran back to his room.

"I won't be here tomorrow," the count told him that night, "but you can return to England. The gypsies will come to do some chores and later my carriage will take you to Bistrita."

Back in his room, Harker heard the count:

"Get out! Not today, tomorrow night he'll be yours," he said to the women.

When dawn broke, Harker went down to the castle door, but it was locked. He had to find the key. He returned to the count's room by climbing down the wall, but he couldn't find it there. He went down to the chapel and saw the count's box with the lid on top, but not closed. He lifted it up in order to check his pockets and

che orrore quando vide delle gocce di sangue sgorgargli dalle labbra! Della chiave non c'era però traccia. All'improvviso, capì che gli zingari lo avrebbero portato fuori sul carro e che così sarebbe riuscito ad arrivare in Inghilterra! Decise allora di dare il colpo di grazia a quel mostro colpendolo con una vanga, ma proprio in quel momento la testa del conte si girò per guardarlo e mancò il colpo! Quando Harker sentì gli zingari arrivare, fuggì.

All'idea di rimanere solo nel castello con quelle donne orribili, Harker preferì rischiare la vita scalando il muro fino in fondo al precipizio.

he couldn't have been more disgusted to see that drops of blood were running from his lips. He checked him but couldn't find the key. He presumed that the gypsies would take him out on the cart and he would reach England. He decided to finish with this monster and he hit him with a shovel, but the count's head turned to look at him and he missed the blow. In that moment he heard the gypsies coming and Harker fled.

Faced with the idea of staying alone in the castle with those horrible women, Harker preferred to risk his life by climbing down the wall to the bottom of the cliff.

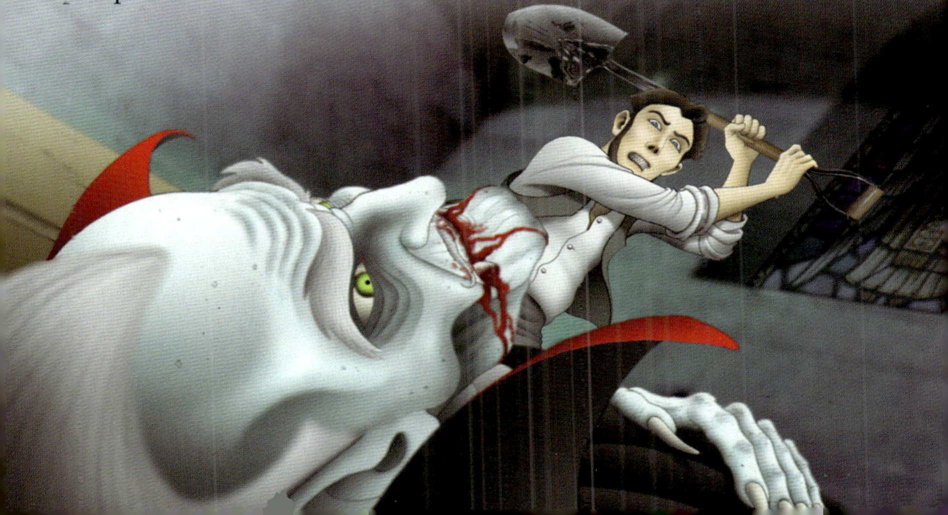

Capitolo 5 / Chapter 5

Le due amiche: Mina e Lucy
The Two Friends: Mina and Lucy

Mentre Harker era chiuso nel castello, la sua fidanzata Mina un giorno andò a trovare Lucy, un'amica che viveva in una città inglese a est chiamata Whitby.

Mina e Lucy amavano salire sulla collina del cimitero verso un'abbazia in rovina e sedersi su una panchina prospicente il porto e la baia. Mina era preoccupata perché non aveva avuto notizie dal fidanzato, mentre Lucy era felice perché

While Harker remained locked in his castle, his fiancée, Mina, went to spend a few days with her friend Lucy, who lived quite far away in Whitby, on the east coast of England.

Mina and Lucy liked to go up the cemetery hill, near an abbey in ruins, and sit on a bench to look at the port and bay. Mina was worried because she hadn't heard from her fiancé; however, Lucy felt happy because

a breve avrebbe sposato Arthur.

Essendo Lucy sonnambula, la madre aveva chiesto a Mina di chiudere a chiave la porta della sua stanza di notte.

Qualche giorno dopo, si scatenò una violenta tempesta e, in piena notte, sulla costa arrivò una nave. La nebbia era fitta e la luce del faro debole, e dal porto sembrava che al timone ci fosse un cadavere...

Sballottata dal vento, la nave finì in un banco di sabbia e, proprio in quel momento, sul ponte apparve un enorme cane che balzò giù a terra,

she was soon going to marry Arthur.

As Lucy was a sleep-walker, her mother asked Mina to lock her bedroom door at night.

Some days later, a big storm broke and in the middle of the night a sailing ship arrived at the coast. The fog was thick and you could barely see with the lighthouse's beam, but from the port they thought they could see a dead body at the helm.

Buffeted by the gale, the ship crashed into a sandbank and in that moment an enormous dog appeared on deck and jumped on to dry

corse lungo la scogliera e scomparve nel buio del cimitero!

La guardia costiera e la polizia trovarono il capitano della nave morto, legato al timone con un crocifisso tra le mani...

Secondo il diario di bordo, la nave era partita da Varna, nel mar Morto, con otto marinai che erano misteriosamente scomparsi uno dopo l'altro. Il capitano era rimasto solo e si era affidato al crocifisso per non dover abbandonare la nave.

land. It ran up the cliff and disappeared into the darkness of the cemetery.

The coastguard and the police found the captain dead, tied to the helm and with a crucifix in his hands. According to the ship's log, the boat had set sail from Varna, in the Black Sea, with eight sailors. Mysteriously, one by one they had disappeared. The captain was left alone and looked for protection from the crucifix in order not to abandon the ship.

La nave trasportava un carico di cinquanta casse di legno piene di terra.

Tre giorni dopo, Mina improvvisamente si svegliò in piena notte e vide che Lucy non era nel suo letto! Si mise uno scialle e uscì a cercarla. Non riuscendo a trovarla né a casa né in strada, pensò che fosse al cimitero.

Proprio in quel momento, spuntò la luna e vide l'amica sulla loro panchina preferita... Credendo di vedere anche una cosa scura piegarsi su di lei, Mina si mise a gridare...

"Lucy! Lucy!", urlò.

They brought a cargo of fifty wooden boxes full of earth.

Three days later, Mina suddenly awoke at night and saw that Lucy wasn't in her bed. She put a shawl on and went out to look for her. She couldn't find her in the house nor in the street, so she supposed that she might be in the cemetery.

The moon came out in that moment and she could make out her friend on their favourite bench, although she thought she saw something dark bending over her.

"Lucy! Lucy!" Mina cried out.

Una figura nera sollevò la testa e Mina vide due occhi infuocati! Corse verso la panchina ma, quando arrivò, trovò solo Lucy addormentata. La svegliò e la riportò a casa.

Le notti seguenti, Lucy voleva di nuovo uscire, così Mina si legò la chiave della stanza al polso. Lucy intanto era sempre più debole e pallida... Mina non la voleva lasciare, ma un giorno dovette uscire per ritirare una lettera spedita da un ospedale di Budapest dove si trovava il suo fidanzato, Jonathan Harker.

The black figure lifted its head and Mina could see two blazing red eyes. She ran towards the bench, but when she arrived there was only Lucy, still asleep. She woke her up and took her home.

Over the following nights, Lucy wanted to go out again, so Mina tied the key to her wrist. Each day Lucy got weaker and paler. Mina was worried, but she had to leave to collect a letter from a hospital in Budapest, where her fiancé, Jonathan Harker, was recovering.

Capitolo 6 / Chapter 6

Una strana malattia
A Strange Illness

Harker era stato ricoverato in preda alla febbre e a un delirio popolato di lupi e fantasmi... Nella lettera inviata a Mina, la invitavano a prendersi cura di lui e a non parlare di quelle strane cose.

Harker was admitted to hospital with a high fever and he was delirious, talking about wolves and ghosts. In the letter to Mina they advised her to take good care of him and not to mention those things.

Mina trovò Harker magro, pallido e debole. Non riusciva a ricordare nulla e lei non insistette. Harker le mostrò il suo diario e le disse che dentro c'era scritto tutto quanto, se voleva leggerlo: visto che stavano per sposarsi, non voleva infatti che ci fossero segreti tra di loro.

Mina found Harker very thin, pale and weak. He said he couldn't remember anything and Mina didn't want to insist. Harker showed her his diary and he told her that it contained everything, if she wanted to read it; so there wouldn't be any secrets between them, now they were getting married.

Mina mise via il diario e lo baciò. Iniziò poi a fare i preparativi per sposarsi in ospedale. Harker disse "Lo voglio" dal suo letto e Mina gli diede indietro il diario come regalo di nozze per dimostrargli che gli credeva e che non aveva bisogno di leggerlo.

Intanto Lucy era sempre più debole e respirava a fatica... Quando Arthur la vide, chiamò il Dottor Seward, suo amico e direttore di un manicomio. Seward inizialmente pensò che Lucy fosse anemica ma poi, visto che gli esami lo smentivano, decise di consultare Abraham Van Helsing, un professore olandese

Mina put the journal aside and kissed him. Later she prepared the wedding in the same hospital. Harker said, "I do" from his bed and Mina gave him his diary, wrapped up and tied, as a wedding present to show him that she trusted him and didn't need to read it.

Meanwhile, Lucy was getting weaker and weaker and had trouble breathing. When her fiancé Arthur saw her like that he called his friend, Dr. John Seward, who ran an asylum. He thought that Lucy was anaemic, but the blood test revealed nothing. So he called his old friend the Dutch professor Abraham Van Helsing,

esperto in malattie rare che viveva ad Amsterdam.

I due dottori visitarono Lucy, e si allarmarono nel vedere quel mortale pallore e le difficoltà respiratorie. Si rese persino necessaria una trasfusione di sangue e Arthur si offrì come donatore. La povera Lucy riprese colore. I dottori notarono però anche due segni rossi sulla gola... Van Helsing chiese a Seward di non lasciare la paziente quella notte mentre lui sarebbe andato ad Amsterdam a consultare i suoi libri. Lucy fu contenta che il dottore

who lived in Amsterdam and knew a lot about rare diseases.

When the two doctors visited Lucy, they were alarmed by her deathly paleness and her breathing difficulties. It was necessary to perform a blood transfusion and Arthur offered to be the donor. The colour came back to her cheeks. However, the doctors noticed two red marks on her throat. Van Helsing asked Dr. Seward not to leave the patient that night and he would go to consult his books in Amsterdam. Lucy was pleased that the doctor

vegliasse su di lei mentre dormiva perché aveva paura dei suoi incubi, anche se non li ricordava al risveglio, e della debolezza che l'assaliva nel sonno.

Dopo due notti di veglia e avendo notato un miglioramento, la terza il dottore decise di andarsene a dormire. Quando Van Helsing tornò il mattino dopo, videro che Lucy era praticamente morta! Le fecero un'altra trasfusione, questa volta con il sangue del Dottor Seward, e quella notte

would watch over her as she slept as she was afraid of her nightmares, although she couldn't remember them later, and of the weakness she felt when she slept.

After two nights awake, the doctor decided to sleep on the third, having noticed an improvement in the young woman. The next morning Van Helsing returned and when the two of them went to see Lucy she was practically dead. They had to perform another transfusion, this time with Dr. Seward's blood, and that night

rimase a vegliarla Van Helsing. Il giorno dopo, l'olandese andò da Lucy con un grande mazzo di fiori bianchi e le disse:

"Questi fiori hanno un potere curativo".

"Mi prende in giro? Ma sono i fiori dell'aglio!".

"Io non scherzo mai. Il fiore dell'aglio ti aiuterà a dormire bene. Non aprire la porta o la finestra, e non toglierti dal collo questa ghirlanda che ho fatto per te".

Van Helsing le mise la ghirlanda, poi strofinò la porta

Van Helsing stayed to watch over her. The next day the Dutch came with a large bunch of white flowers and told Lucy:

"These flowers are medicinal."

"Are you mocking me? These are garlic flowers."

"I never joke. The garlic flower will help you sleep well. Don't open the door nor the window and don't remove from your neck this garland of flowers that I've made."

Van Helsing put the garland on her and rubbed the door

e la finestra con i fiori dell'aglio.

Quella notte Lucy dormiva profondamente quando, svegliata da dei rumori alla finestra, vide un enorme pipistrello! Sua madre entrò per farle compagnia quando improvvisamente sentirono un ululato e le finestre andare in frantumi: un lupo era piombato nella stanza! La madre, che soffriva di cuore, afferrò la figlia dalla collana ma cadde a terra morta per lo spavento. Lucy, senza la sua ghirlanda, svenne.

and window with those flowers.

That night Lucy slept soundly with her garland when some taps on the window woke her up and she saw an enormous bat. Her mother came in to check on her and lay down with her. Suddenly they heard a howl, the window panes shattered and a wolf came in. The mother, who had heart disease, grabbed her daughter by the necklace and dropped dead from the shock. Lucy, now without her garland, fainted.

Il mattino dopo, i dottori cercarono di rianimare Lucy e avvertirono Arthur della gravità della situazione. Quella notte Seward rimase con lei e vide il pipistrello. Mentre dormiva, vide che le gengive di Lucy erano pallide e i denti più lunghi e affilati… Al risveglio, il suo viso appariva di nuovo più dolce.

Quando Arthur arrivò Lucy gli disse: “ Amore mio, baciami!”.

Arthur stava per raggiungerla ma Van Helsing lo trattenne... Lucy chiuse gli occhi e morì!

The next morning the doctors tried to revive Lucy and warned Arthur that her condition was serious. That night Seward stayed with her and saw the bat. While she slept, they observed that Lucy’s gums were pale and her teeth were longer and sharper. On awaking, her face became sweeter.

When Arthur arrived, she said to him impulsively:

“Arthur my love! Kiss me!”

He went to her, but Van Helsing grabbed him and asked him not to do it. Lucy closed her eyes and died.

Capitolo 7 / Chapter 7

I vampiri si avvicinano…
The Vampires Get Closer

Harker e Mina andarono a Exeter dove il Signor Hawkins, il capo di Harker, aveva lo studio legale. Hawkins era per loro come un padre e li pregò di trasferirsi a casa sua ma, neanche qualche giorno dopo, morì. Fu un duro colpo!

Harker and Mina travelled to Exeter, where Mr. Hawkins, Harker's boss, had his law firm. The owner, who was like a father to them, begged them to move into his house. Some days later Mr. Hawkins died and this was a harsh blow.

Mentre erano a Londra per il funerale, improvvisamente Harker impallidì:

"Mio Dio! Ma quello è il conte!", esclamò.

They travelled to London for the funeral. In the street Harker became pale and exclaimed:

"My God! There's the count!"

Videro un uomo alto e magro con le labbra rosse e denti bianchi e affilati che fissava una donna dall'ampio cappello… Mina si spaventò nel vedere Jonathan così terrorizzato e lo portò al parco per calmarsi.

Mina non fece domande, ma decise di leggere il suo diario per capire che cosa era successo: fu così che scoprì le sofferenze che suo marito aveva patito nel viaggio!

Quel giorno Mina ricevette una lettera da Van Helsing che le chiedeva di aiutarlo a indagare su

They saw a tall, thin man, with red lips and sharp, white teeth, who was watching a woman in a broad hat. Mina was alarmed to see how terrified Jonathan was and she took him to a park bench to calm down.

Mina decided not to ask any questions, but to read his diary to find out what had happened. She then understood how much her husband had suffered on that journey.

That day Mina received a letter from Dr. Van Helsing in which he asked for her help to find out more about her

Lucy. Mina lo invitò a casa e andò subito d'accordo con quell'anziano uomo che aveva cercato di salvare la sua amica. Gli raccontò quindi cosa era successo la notte in cui Lucy era scappata nel cimitero.

Vedendo che era un uomo buono e saggio, Mina gli raccontò anche del marito e gli diede il diario. Quando Harker tornò a casa fu lieto della visita: voleva finalmente capire se era impazzito o se ciò che era successo fosse vero. Il giorno dopo, Van Helsing gli disse che era tutto vero e che si sarebbero rivisti presto.

friend Lucy. Mina invited him to her house; she immediately got along with that pleasant old man who had tried to save her friend and she told him what had happened on the night Lucy escaped to the cemetery.

As she saw he was a good, wise man, she also told him about her husband and gave him his diary to read. When Harker returned home he was pleased with the visit, as he wanted to know if he was mad or if what he had experienced was real. The next day Van Helsing told him that everything had been real and they would meet again.

Quel mattino, sul giornale di Hampstead si parlava dell'allontanamento di alcuni bambini durante la notte che, al loro rientro a casa, dissero di essere stati in compagnia di una bellissima donna. Tutti avevano inoltre una ferita sul collo, come il morso di un cane!

Van Helsing lesse la notizia, poi andò da Seward il quale disse che, secondo lui, era la stessa ferita di Lucy. Van Helsing però obiettò:

"Sono ferite provocate da Lucy!". E per convincere Seward e Arthur della verità, Van Helsing chiese loro di accompagnarlo al cimitero quella notte per aprire la bara di Lucy…

That morning the Hampstead newspaper published the news of the disappearance of some children during the night, who, when they returned home the next day claimed to have been with a beautiful lady; all of them had a wound on their necks, like a dog bite.

Van Helsing read it and went to see Dr. Seward. The latter thought that the cause of these wounds was the same as in Lucy's case, but Van Helsing stated:

"Lucy herself caused them!"

In order to convince Seward and Arthur of the truth, Van Helsing met with them and asked them to accompany him to the cemetery at night to open Lucy's coffin…

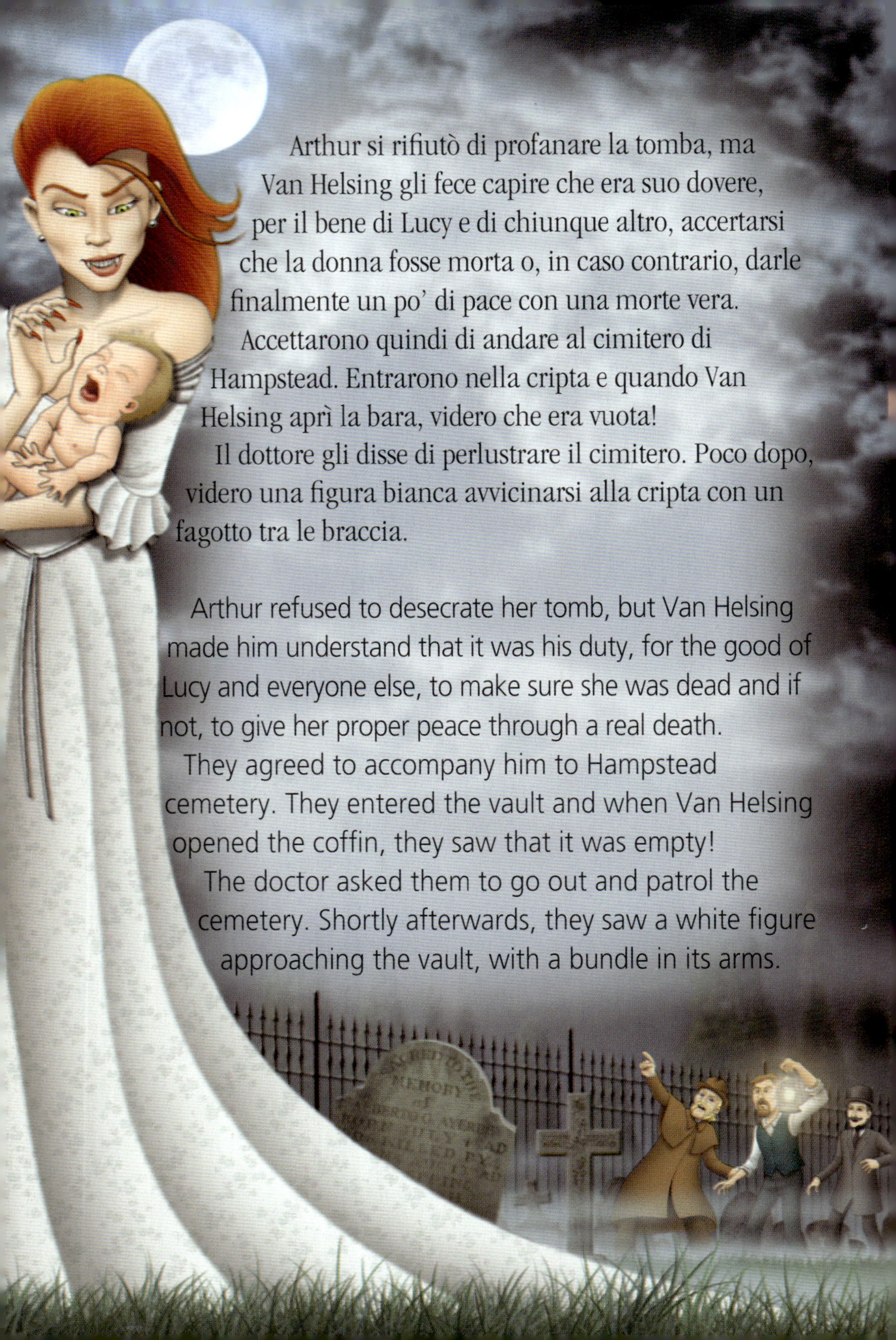

Arthur si rifiutò di profanare la tomba, ma Van Helsing gli fece capire che era suo dovere, per il bene di Lucy e di chiunque altro, accertarsi che la donna fosse morta o, in caso contrario, darle finalmente un po' di pace con una morte vera. Accettarono quindi di andare al cimitero di Hampstead. Entrarono nella cripta e quando Van Helsing aprì la bara, videro che era vuota!

Il dottore gli disse di perlustrare il cimitero. Poco dopo, videro una figura bianca avvicinarsi alla cripta con un fagotto tra le braccia.

Arthur refused to desecrate her tomb, but Van Helsing made him understand that it was his duty, for the good of Lucy and everyone else, to make sure she was dead and if not, to give her proper peace through a real death. They agreed to accompany him to Hampstead cemetery. They entered the vault and when Van Helsing opened the coffin, they saw that it was empty!

The doctor asked them to go out and patrol the cemetery. Shortly afterwards, they saw a white figure approaching the vault, with a bundle in its arms.

Proprio in quel momento spuntò la luna e, terrorizzati, videro Lucy con le labbra sporche di sangue e un bambino in braccio. Arthur gridò in preda al terrore! Lei lasciò il bambino e gli disse: "Vieni con me, amore mio…".

Arthur, quasi ipnotizzato, le andò incontro ma Van Helsing si mise in mezzo parandole davanti un crocifisso. Lucy tornò rabbiosa nella cripta. Dopo quella dura prova, Arthur non obiettò più ai piani del dottore.

Just then the moon came out and they were all horrified to see Lucy with her lips red from blood and with a child in her arms. Arthur cried out in horror. She dropped the child and said to him:

"Come with me, my love."

Arthur seemed hypnotised and went towards her, but Van Helsing came between them holding a crucifix. She went back to the vault angrily. After such a hard test, Arthur didn't object to continuing with the doctor's plan.

Il giorno dopo, tornarono al cimitero di pomeriggio: ed eccola Lucy nella sua bara, simile a un diavolo! Van Helsing spiegò la situazione.

"Quando un vampiro, o un non-morto morde, la persona, diventa a sua volta un vampiro. Di giorno i vampiri dormono ma di notte escono in cerca di nuove vittime, diffondendo il male! Lucy è una vampira e la sua anima non riposerà in pace fino a quando non sarà morta. Io sono disposto a farlo, ma penso ha più diritto a liberarla la persona che l'ama".

Arthur non esitò: "Grazie, amico mio, lo farò io".

The next day they returned in the afternoon in daylight: there she was, with her devilish look, in her coffin. Van Helsing explained to them what was happening.

"When a vampire, or undead, bites someone, they too become a vampire. By day they rest, but at night they go out looking for blood from new victims and so the evil spreads. Lucy is an undead and her soul won't rest until she dies. I'm prepared to do this, but I think the person who loves her has more right to free her than I."

Arthur did't hesitate in replying, "Thank you, my friend, I shall do it."

Van Helsing gli fece coraggio e gli disse che doveva conficcarle un paletto nel cuore. Gliene diede uno già pronto insieme a un martello. Per farsi forza, Arthur pensò intensamente a quella donna che tanto aveva amato, poi la colpì… Il corpo di Lucy si contorse e dalle labbra uscì un urlo terribile! Finalmente morì, e un'espressione dolce le tornò sul viso.

"Ora la puoi baciare", disse il dottore.

Arthur le diede il bacio che non era riuscito a darle in vita e la salutò per l'ultima volta.

Van Helsing disse che ora dovevano trovare chi aveva trasformato Lucy in una vampira. Qualche indizio ce l'aveva, grazie a Mina e a suo marito, ai quali chiese di venire a Londra.

Van Helsing encouraged him and explained to him he had to drive a stake through her heart. He gave him one he had already prepared and a hammer. Arthur thought of who his beloved had been to give himself courage and he hit her hard. Lucy's body twisted and from her lips came a terrible scream. Finally, she was still, truly dead, and her face recovered its sweetness.

"Now you can kiss her," said the doctor.

Arthur gave her the kiss he hadn't been able to give her in life and gave her a loving farewell.

Van Helsing said that their next task was to find the one whom had made Lucy a vampire. He had some clues, thanks to Lucy's friend and her husband, who he had asked to come to London.

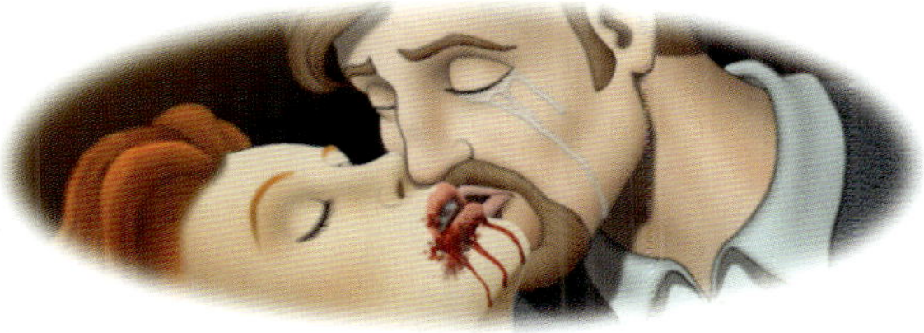

Capitolo 8 / Chapter 8

A caccia del vampiro
Hunting The Vampire

Mina ed Harker arrivarono da Exeter in treno e andarono a stare dal Dottor Seward, accanto al manicomio.

Alla notizia della morte di Lucy, Mina svenne, ma subito dopo si riprese e cercò di essere d'aiuto. I tre si incontrarono con Van Helsing e Arthur.

"I vampiri esistono e non muoiono mai perché il sangue che succhiano dà loro giovinezza e forza", spiegò l'olandese. "Possono cambiare

Mina and Harker arrived from Exeter by train and stayed in Dr. Seward's house, next to the asylum.

On learning of Lucy's death, Mina fainted but soon recovered her courage to help in what she could. The three of them met with Van Helsing and Arthur. The Dutch doctor explained to them:

"Vampires exist and never die, because the blood they suck gives them youth and strength. They can change

aspetto e presentarsi come pipistrelli, lupi o anche nebbia. Possono diventare invisibili ed entrare o uscire da stanze chiuse a chiave. Non si riflettono negli specchi né proiettano l'ombra. Vedono al buio e sanno leggere nel pensiero delle loro vittime.

Hanno però dei limiti: di giorno perdono i poteri, devono riposare in casse ricolme di terra del loro paese natale e non sopportano l'aglio e i crocifissi".

their appearance and appear as bats or wolves, or in the form of mist; they can make themselves invisible and enter and leave closed rooms; they have no reflection in mirrors nor cast a shadow; they can see in the dark and read their victims' minds.

But they have some limitations: by day they lose their powers; they have to rest in a coffin with earth from their homeland and they can't stand garlic or crucifixes."

"E quale vampiro stiamo cercando?".

"Il Conte Dracula: divenne famoso centinaia di anni fa combattendo contro i turchi che ne avevano invaso il territorio. Pare che fosse molto intelligente. Dobbiamo ucciderlo! Posso contare su di voi?".

Tutti annuirono.

"Bene. La prima cosa è verificare se nella nuova casa di Dracula ci sono le cinquanta casse di terra che ha portato con sé. Harker ci ha detto che ha comprato casa Carfax".

"And which vampire are we talking about?"

"Our vampire is Count Dracula, who became famous hundreds of years ago fighting against the Turks who had invaded his country and he was apparently very intelligent. We must finish him off. Can I count on you?"

They all agreed.

"Good. The first thing is to check if in Dracula's new house are the fifty boxes of earth he brought with him. Harker told us he has bought the Carfax mansion."

"Ma è vicino a noi! Andiamoci subito!", esclamò Seward.

Uscirono tutti tranne Mina: per lei era un rischio eccessivo uscire di casa nottetempo.

Van Helsing portò lampade, crocifissi e fiori d'aglio per tutti.

La casa era sommersa dalla polvere. Visto che Harker ne conosceva la disposizione, condusse il gruppo alla cappella. Entrando, l'odore di marcio era insopportabile! Videro le casse per terra, ma ne contarono solo 29!

D'un tratto notarono dei puntini rossi: occhi di topi li osservavano... Se ne andarono e Van Helsing comunicò loro il prossimo passo: scoprire in quali

"But that's near here! Let's go now!" exclaimed Dr. Seward.

All of them except Mina, who they wouldn't allow to risk it, went out at night to the house. Van Helsing carried lamps, crucifixes and garlic flowers for everyone. Everything was covered in dust. As Harker knew the house's layout, he led them to the chapel. On entering, the rotten smell was unbearable. They saw the boxes on the floor, but there were only twenty-nine!

Suddenly they noticed some red dots: the eyes of rats were watching them. They left and Van Helsing showed them the next step: to find out which

altre case Dracula aveva portato le casse.

Harker fece qualche indagine a Londra e trovò la persona che aveva trasportato le casse. Dopo avergli dato dei soldi, questi gli disse di aver portato le casse in tre indirizzi diversi e che, ogni volta, c'era un uomo alto e forte ad aspettarlo per aiutarlo a scaricarle.

Quella sera Seward si recò al manicomio per visitare un paziente pazzo che aveva avuto un incidente il quale gli rivelò che la signora Harker era in pericolo, che "lui" era lì...

Seward e Van Helsing corsero subito nella camera degli Harker e trovarono Mina inginocchiata davanti a un uomo alto vestito di nero che le teneva le mani e la obbligava a bere il sangue che colava dal suo petto. Harker era svenuto. Dracula si girò

other houses Dracula had taken the boxes to.

Harker investigated in London, looking for the haulers who had moved the boxes. Finally he found the man, and having offered him money, he told Harker that he had taken boxes to three addresses; a tall, strong man was always waiting there to help him to unload the boxes.

That night Dr. Seward was informed that a mad man from the asylum had had an accident. He went to see him and the mad man told him that Mrs. Harker was in danger, that "he" was there...

Seward and Van Helsing went to the Harkers' bedroom and found Mina kneeling in front of a tall man dressed in black who was holding her hands and forcing her to drink the blood that was dripping from his chest. Harker was unconscious. Dracula turned

verso di loro mostrando i denti e le labbra insanguinati ma Van Helsing lo mise in fuga con il crocifisso.

to them, showing his bloody teeth and lips, and Van Helsing stopped him with a crucifix until he fled.

Mina era pallidissima, urlò di dolore e iniziò a piangere non appena si rese conto della terrificante situazione. Harker fu risvegliato scuotendolo forte.

"Cos'è successo? Cos'è quel sangue? Mio Dio, aiutatela!", esclamò vedendo la moglie.

Van Helsing si fece spiegare. Mina disse di aver visto una nebbiolina e poi quell'uomo.. e di non essersi più potuta muovere! L'uomo aveva minacciato di uccidere Harker se lei avesse urlato, poi l'aveva morsa sul collo...

Mina, extremely pale, gave out a cry of anguish and started crying when she realised what had happened. They had to shake Harker to wake him up and, on seeing his wife like that, he exclaimed:

"What has happened? Darling, what is that blood? Good God, help her!"

Van Helsing asked them to explain what had happened. Mina said she had noticed a mist and then saw that man and she couldn't move. He threatened to kill Harker if she shouted and he bit her on the neck.

Il giorno dopo decisero di far partecipare anche Mina alla caccia.

“Se dovessi diventare per voi un pericolo, mi ucciderò”, disse.

“Non devi morire, ragazza mia!”, rispose Van Helsing, “o diventeresti un vampiro! Devi lottare per rimanere in vita!”.

“Allora lotterò!”, disse lei.

Di giorno, andarono nelle case in cui si trovavano le casse e vi misero delle ostie consacrate per renderle inoffensive. Nell’ultima casa mancava però una cassa: avrebbero quindi dovuto continuare la ricerca. Essendo ancora giorno, decisero di aspettare l’eventuale ritorno di Dracula.

The next day they all decided that Mina should take part in the hunt for Dracula.

"If I think I might be a danger to the rest of you I'll kill myself," she said.

"You mustn't die my girl," Van Helsing replied, "as you would become a vampire. You must fight to stay alive!"

"Then I'll fight!"

During the day, they went to the houses where the boxes were and put a consecrated host in each one to make them useless. In the last house one box was missing: that meant they would have to continue searching. As it was still day, they decided to wait in case Dracula

Erano pronti ad attenderlo con armi e crocifissi.

Improvvisamente udirono dei passi e, qualche secondo dopo, Dracula entrò nella stanza. Harker gli si avventò contro con un coltello, ma gli tagliò solo la giacca facendogli cadere qualche moneta d'oro. Furioso, Dracula balzò su Harker ma Van Helsing gli mostrò il crocifisso, e così fecero gli altri. Dracula si ritirò e fuggì dalla finestra frantumandola in mille pezzi. Da fuori gli urlò:

arrived. They were prepared with weapons and crucifixes.

Suddenly they heard some footsteps and, a few seconds later, Dracula burst into the room where they were. Harker attacked him with a knife, but only cut his jacket and gold coins fell out. Enraged, Dracula pounced on Harker, but Van Helsing showed him the crucifix and so did the others. Dracula retreated and jumped out the window, which broke into a thousand pieces. From outside he shouted to them:

"La mia vendetta è appena iniziata!".

Quella notte Mina svegliò il marito e chiamarono Van Helsing. Si riunirono tutti e Mina disse:

"Professore, voglio essere ipnotizzata. Se è vero che i vampiri leggono il pensiero delle loro vittime, allora Dracula sa cosa sto pensando, visto che ha bevuto il mio sangue. E quindi forse anch'io posso sapere a cosa pensa lui, e potremmo scoprirlo di notte senza che io sia sveglia!".

Van Helsing fu colpito dalla sua intelligenza e generosità, quindi la ipnotizzò. Mina rispose alle sue domande dicendo che vedeva buio e che sentiva acqua, onde e passi di uomini...

"Dracula sta tornando al suo paese in nave!

"My revenge has just begun!"

That night Mina woke her husband in order to call Dr. Van Helsing. They all met up and Mina spoke:

"Professor, I want you to hypnotise me. If vampires can read their victims' minds, now Dracula can know what I'm thinking, having drunk my blood, so perhaps I too can know what he's thinking, and we could find that out at night and without me being awake.

Van Helsing was once more impressed by her intelligence and generosity and he hypnotised her. Mina replied to his questions that it was dark and she could hear water, waves and mens' footsteps.

"That's it! Dracula is returning to his country by ship and that's

Ecco perché ha preso una delle casse e aveva così tanto denaro con sé", disse Van Helsing.

Di giorno scoprirono quale nave era partita per Varna e che un uomo si era imbarcato in fretta e furia con un'enorme cassa. Decisero di partire in treno per arrivare prima. Al porto di Varna nessuno sapeva però niente della nave. Ipnotizzarono Mina più volte, ma senza successo. Harker continuò a indagare e scoprì che la nave era diretta a Galati.

Mina studiò la cartina e ipotizzò che Dracula avrebbe preso una nave a Galati per risalire il fiume Seret, arrivare poi a Bistrita e infine al Passo Borgo, che era vicinissimo al suo castello.

why he took one of the boxes and was carrying so much money, " Van Helsing said.

During the day they found out which ship had set off for Varna and that a man in a hurry, with an enormous box, had boarded it. They decided to go by train in order to arrive earlier. In Varna port there was no news about a ship. They hypnotised Mina several times, but without success. Harker continued investigating and found out that the ship was headed for Galati.

Mina studied a map and speculated that Dracula would take a ship in Galati to go up the Seret river, join up later with the Bistrita and go as far as the Borgo Pass, very close to his castle.

Decisero che Harker e Arthur avrebbero risalito il fiume in lancia, Seward avrebbe perlustrato le rive a cavallo e Van Helsing sarebbe andato in carrozza con Mina.

Durante il viaggio, il freddo aumentò. Van Helsing ipnotizzò Mina ogni giorno: lei continuava a parlare di acqua e buio, ma le visioni divennero sempre più difficili.

Giunti al Passo Borgo, il dottore e Mina trovarono la strada grazie alle annotazioni di Harker sul diario. Il dottore vide che Mina di giorno aveva molto sonno e che non mangiava, e iniziò a preoccuparsi.

They decided that Harker and Arthur would go in a cutter up river, Dr. Seward would watch the banks on horseback and Van Helsing would go by carriage with Mina.

While they were travelling it got colder and colder. Van Helsing hypnotised Mina every day and she always saw darkness and water, but it got harder for her to see it.

When the doctor and Mina arrived at the Borgo Pass, they found their way by what Harker had written in his diary. The doctor noticed that Mina was very sleepy during the day and wouldn't eat, and he was alarmed.

Individuarono il castello e accesero un fuoco per la notte. Van Helsing tracciò un cerchio attorno a Mina e ci passò sopra un'ostia consacrata per proteggerla. I cavalli erano nervosi. Iniziò a nevicare quando tre figure femminili spuntarono dalla nebbia ridendo e chiamando Mina... Lei però non si mosse e loro non poterono entrare nel cerchio.

La mattina dopo i cavalli erano morti... Mina dormiva e Van Helsing la lasciò al sicuro nel cerchio, poi andò da solo nel castello. Ruppe la serratura ed entrò nella cappella per cercare le tombe delle tre vampire. Quando trovò la prima e vide quanto era bella, capì come un uomo potesse esserne sedotto. Lui stesso avvertì un certo torpore, ma poi pensò a Mina e conficcò un paletto nel petto di ciascuna,

They made out the castle and prepared a fire to pass the night. Van Helsing drew a circle around Mina and passed a consecrated host over it to protect her. The horses were nervous. It started to snow and three female figures appeared out of the mist who laughed and called to Mina, but she didn't move and they couldn't enter the circle.

The following morning the horses were dead. Mina slept and Van Helsing left her safe in the circle and went alone to the castle. He broke the locks and got into the chapel. He was looking for the tombs of the three vampires. When he found the first one and saw how beautiful she was, he understood how men could be seduced by them. He himself noticed a certain drowsiness, but he remembered Mina and drove a stake through the chest of each one,

facendole contorcere e urlare. Finalmente i loro visi ritrovarono pace e i corpi divennero polvere.

Van Helsing tornò da Mina e, dopo aver camminato un po', giunsero in una grotta da dove videro una cassa su un carro trascinato dagli zingari. Orrore! Se Dracula avesse raggiunto il castello, ogni speranza sarebbe svanita!

Improvvisamente videro i loro tre amici a cavallo che raggiunsero il carro e, puntando i fucili, lo fecero fermare. Harker ribaltò la cassa, la aprirono ed ecco Dracula! Proprio mentre il sole iniziava a calare, Harker gli conficcò un coltello nel cuore… dopo pochi secondi, il suo corpo non fu altro che polvere.

while they writhed and screamed. Afterwards, their faces recovered their peace and their bodies turned to dust.

Van Helsing returned to Mina and, after walking for a while, they found a cave. From there they saw a cart carrying a box being pulled by some gypsies. Horror! If Dracula got to the castle there would be no hope.

Suddenly they saw their three friends on horseback, who reached the cart and, pointing their rifles, made it stop. Harker overturned the box. They opened it and there was Dracula. Just as the sun started to go down, Harker stuck a knife through Dracula's heart. In a matter of seconds, his body turned to dust.

Bram Stoker

Questo scrittore irlandese (Dublino 1847 - Londra 1912) è il creatore del romanzo dell'orrore *Dracula*, pubblicato nel 1897, le cui versioni teatrali e cinematografiche ne hanno fatto un classico. Costretto a letto dalla malattia, le storie di fantasmi che gli raccontava la madre furono le compagne della sua infanzia. Lavorò come dipendente statale ma, appassionato di teatro e letteratura, scriveva anche recensioni di rappresentazioni per un giornale e racconti. Ammirava l'attore Henry Irving, ne divenne amico e andò a Londra con lui per dirigerne la compagnia teatrale. Con *Dracula*, Stoker creò un'interpretazione originale della leggenda del vampiro: pur ispirandosi al folclore e ad altre opere letterarie, seppe infatti conferire al proprio personaggio un fascino irresistibile, fondendo insieme paura della morte, desiderio di immortalità e amore.

This Irish writer (Dublin 1847-London 1912) is the creator of the horror novel *Dracula,* published in 1897 and whose versions for stage and screen have made it a classic. Stoker spent his childhood sick in bed and his mother entertained him with ghost stories. He worked as a civil servant but, a fan of the theatre and literature, he attended many plays, which he wrote reviews of for a newspaper, and also wrote short stories. He admired the actor Henry Irving and became his friend and went to London with him to direct his theatre company. Stoker produced an original interpretation of the legend of the vampire in *Dracula,* as although he was inspired by folklore and other literary works, he gave his character an irresistible attraction, thus combining the fear of death with the thirst for immortality and love.

CONTESTO STORICO

Nella letteratura inglese europea della seconda metà del XIX secolo, troviamo autori molto interessati ai temi del mistero e al folclore tradizionale. Insieme allo scrittore irlandese Stoker, ricordiamo l'irlandese William Butler Yeats, autore di poesie e opere simboliste nei cui testi figurano elementi fiabeschi e della mitologia celtica, e lo scrittore gallese Arthur Machen, autore di racconti dell'orrore e del fantastico. Entrambi si ispiravano alla tendenza estetica decadente dell'epoca – il cui esponente principale era l'irlandese Oscar Wilde – che si scagliava contro la morale borghese, ricercava la fuga dalla realtà quotidiana ed esplorava l'inconscio.

Stoker, Machen e Yeats facevano non a caso parte dell'Ordine Ermetico dell'Alba Dorata, una società segreta fondata a Londra nel 1888 dedicata all'esoterismo e all'occulto.

Quanto alla leggenda del vampiro, secondo alcuni Stoker si ispirò al Principe Vlad Tepes Dracul che dominò la Valacchia (e non la Transilvania) tra il 1456 e il 1474, celebre per le sanguinose battaglie di cui fu protagonista, prima contro i Sassoni e poi contro i Turchi.

La spiegazione più probabile è che Stoker si sia rifatto ad alcune leggende sui vampiri molto diffuse in Europa orientale e ad altre opere letterarie che si ispirarono a quella leggenda, come Varney il vampiro, pubblicato a puntate tra il 1845 e il 1847, e la storia *Il Vampiro di Polidori*, stampata nel 1819.

HISTORICAL CONTEXT

In European English literature of the second half of the 19th century we can find authors who were very interested in the themes of mystery and traditional folklore. Along with the Irish writer Stoker, it's worth mentioning the Irish poet William Butler Yates, imbued with fairytales and Celtic mythology, who wrote symbolist poetry and plays, and also the Welsh writer Arthur Machen, author of fantasy horror stories, as part of the popular, decadent aesthetic trend, whose leader was the Irishman Oscar Wilde, and which attacked middle-class morals, looked for an escape from everyday reality and also explored the unconscious.

In fact, Stoker, Machen and Yeats belonged to the Hermetic Order of the Golden Dawn, a secret society founded in London in 1888 to investigate esoteric subjects and the occult.

Regarding the legend of the vampire, some people believe that Stoker was influenced by Prince Vlad Tepes Dracul,who ruled Wallachia (and not Transylvania) between 1456 and 1474 and was famous for the bloody battles he fought, first against the Saxons and later against the Turks. The most likely explanation is that Stoker used vampire legends that were common in Eastern Europe, and other literary works that picked up on this legend, such as *Varney the Vampire,* published in instalments between 1845 and 1847, or Polidori's story *The Vampire,* printed in 1819.